Bitch-Boss: BDSM. Weibliche Dominanz

Herrschaft und erotische Unterwerfung

Erika Sanders

Bitch-Boss:
BDSM Weibliche Dominanz

Erika Sanders
Reihe
Herrschaft und erotische Unterwerfung

Zusammenfassung

Eine dominante Bossfrau führt ihren Sklaven in schmutzige Tiefen.

Bitch-Boss ist eine Geschichte mit starkem erotischem BDSM-Gehalt und gehört wiederum auch zur Erotic Domination-Sammlung, einer Romanreihe mit hohem romantischem und erotischem BDSM-Gehalt.

(Alle Charaktere sind 18 Jahre oder älter)

Hinweis zum Autorin:

Erika Sanders ist eine bekannte internationale Schriftstellerin, die in mehr als zwanzig Sprachen übersetzt wurde und ihre erotischsten Schriften, fernab ihrer üblichen Prosa, mit ihrem Mädchennamen signiert.

Index:

BITCH-BOSS
BDSM-WEIBLICHE DOMINANZ
ERIKA SANDERS

Es war ein heißer, schwüler Mainachmittag in Paris und Colette entspannte sich in ihrem bequemen Bürostuhl und machte eine Pause von ihrer Arbeit. Ihr gehörte diese Firma, eine anständig große Firma, aber sie hatte es geschafft, sie nicht an die Börse zu bringen. Sie mochte die Kontrolle, die ein Unternehmen in Privatbesitz bot, die Kontrolle, die sie über den Betrieb und ihre Mitarbeiter hatte. Sie hatte das Unternehmen von Grund auf aufgebaut und wollte es lieber unter ihrer Kontrolle behalten.

Colette war eine erfolgreiche Geschäftsfrau, siebenundvierzig Jahre alt, groß, schön und dünn. Ihr Gesicht zeigte ihr Alter nicht, und obwohl sie ledig blieb, eine unangenehme Wahl für eine Französin, fehlte es ihr nie an männlicher Aufmerksamkeit, wann immer sie es wünschte. Eine Tatsache, die sowohl durch ihr Aussehen als auch durch ihre mächtige Position ermöglicht wurde.

Sie rief ihre Sekretärin an und bat sie, für eine Tasse Kaffee in der Küche anzurufen. Es war ein langer Tag gewesen. Es würde ein längerer Tag werden, sie ging schließlich um acht, aber nicht bevor sie bemerkte, dass Jean an seinem Schreibtisch saß und wie wild tippte. Sie wusste nicht, wer Jean war, musste eine Führungskraft auf niedriger Ebene sein, und sie hatte nicht immer mit ihnen zu tun. Jean bemerkte Colette und stand schnell auf und sagte unterwürfig „Gute Nacht, Madam". Colette bemerkte, dass Jean ein sehr gut aussehender Junge war, jung, schlank und sportlich.

Am nächsten Morgen rief Colette Nikita in ihrem Büro an. Nikita leitete Jeans Abteilung und war ein alter Angestellter von Colette. Sie musste mehr über Jean herausfinden.

"Hast du ihn vor mir versteckt?" sagte sie in gespielter Wut.

"Überhaupt nicht, Colette, ich wollte ihm nur etwas Zeit geben, sich einzugewöhnen, Jean ist erst seit einem Monat hier."

Eine Stunde später stand Jean nervös und unruhig vor Colettes Büro, nicht sicher, warum er von der Chefin gerufen wurde. Augenblicke später bat Colettes Sekretärin ihn hereinzukommen, er begrüßte sie und rückte ängstlich seine Krawatte zurecht.

"Jean, ist es?" fragte sie und wartete nicht auf eine Antwort. „Ich bin Colette Dupont, die Eigentümerin dieser Firma und Ihre Chefin, wie Sie sehr wohl wissen. Sie werden von nun an eng mit mir zusammenarbeiten. Ich möchte, dass die Berichte heute Abend um neun an meinen Schreibtisch geliefert werden, stellen Sie sicher, dass Sie das tun, verstanden?" Sagte sie abweisend. "Du kannst jetzt gehen."

Jean war sich nicht sicher, warum er, ein so unbedeutender Akteur in der Firma, sogar gebeten wurde, die Chefin zu treffen oder was auch immer seine Berichte wert waren, aber es war nicht seine Position, Fragen zu stellen. Er musste Anweisungen befolgen und reichte seine Berichte mit den Anweisungen, die Colette ihm gegeben hatte, bei der Personalabteilung ein.

Der heiße, schwüle Mainachmittag von vor zwei Tagen war eine ferne Erinnerung, es war ein dunkler, düsterer Tag, und Regen peitschte gegen die äußeren Glaswände von Colettes Penthouse-Büro. Jean stand wieder vor Colette, seine Berichte lagen auf ihrem Schreibtisch, sie durchwühlte sie. Sie nahm ihr Telefon und bat darum, mit Nikita verbunden zu werden. »Kommen Sie bitte in mein Büro«, sagte sie am Telefon.

„Hast du Gelegenheit, dir die Berichte anzusehen, Niki?" Fragte Colette.

"Das habe ich tatsächlich."

"Und glauben Sie, dass er für diesen Job geeignet ist?"

"Eigentlich nein."

Sie sprachen über Jean, als wäre er gar nicht im Raum, aber er war Zeuge des gesamten Gesprächs und sein Herz sank bei jedem Wort, das sie sagten.

„Ich habe eine bessere Option für dich, Jean", sagte Colette. "Ich entlaste Sie von Ihren derzeitigen Aufgaben, aber ich entlasse Sie nicht!"

Jean war ein wenig erleichtert, diese Worte zu hören, obwohl er sich ziemlich sicher war, dass seine Berichte in Ordnung waren. Er würde das jetzt aber nicht bestreiten und so schluckte er nervös, "Danke, Ma'am."

„Ihre neuen Verantwortlichkeiten würden bedeuten, dass Sie von diesem Büro aus mit mir zusammenarbeiten würden. Eigentlich unter mir. Sie werden unter diesem Tisch arbeiten. Sie sind ein wunderschöner Junge, und ich biete Ihnen die Position an, mir zu dienen, ist das klar? ?"

Jean war verblüfft und wusste nicht, was er sagen sollte.

„Natürlich gibt es keinen Zwang, es gibt keine Gewalt. Und es steht Ihnen frei, mit dem zu gehen, was Ihnen zusteht. Aber ich werde ehrlich zu Ihnen sein, wenn Sie gehen, werden Sie mich enttäuschen, und niemand enttäuscht Colette Dupont. "

Jean konnte sich nicht dazu durchringen, den demütigenden Job anzunehmen, der ihm angeboten wurde, er kündigte. Jetzt, sechs Monate später, war er arbeitslos, und jedes Unternehmen, bei dem er sich bewarb, erhielt die gleiche Antwort; Unsere Aufzeichnungen zeigen, dass Sie für Colette Dupont arbeiten und dass sie Sie nicht gehen lassen will. Colette Dupont hatte Verbindungen, so viel war klar. Was offensichtlicher war, war, dass Jean wusste, wohin er gehen musste, wenn er tatsächlich einen Job brauchte.

In der beißenden Kälte eines Pariser Novembers wartete Jean vor Nikitas Büro. Dies war der dritte Tag und er hatte bereits eine Stunde gewartet. Schließlich rief Nikita ihn herein und er erzählte ihr von seiner Notlage.

„Das bekommen Sie, wenn Sie Ms. Dupont abweisen", sagte sie beiläufig.

„Es ist unfair", protestierte Jean.

Nikita funkelte ihn an.

"Auf die Knie und betteln oder raus aus meinem Büro!"

Jean schluckte seinen Stolz hinunter und kniete nieder. Er flehte, er flehte Nikita an, ihm noch eine Chance zu geben.

Am nächsten Tag fand er sich wieder auf den Knien wieder, diesmal vor Nikita und Colette.

„Ich bin keine Schlampe, Jean. Ich werde dein Leben nicht zerstören. Aber du hattest die Kühnheit, mich abzulehnen, und dafür wirst du bestraft. Und deine Weigerung hat deine Bestrafung verschlimmert Knie für eine Chance, mir zu dienen, du sollst diese Chance bekommen und ich werde dich als meinen intimsten Sklaven akzeptieren, und nachdem du dich ein Jahr lang für mich erniedrigt hast, werde ich dich freilassen und dir sogar einen Job besorgen, den du verdienst. Ich habe dir doch gesagt, dass ich keine Schlampe bin!"

"Jetzt zieh dich aus und bete die Füße deines neuen Besitzers an!" befahl Nikita.

Jean drängte sich in den kleinen Raum unter Colettes Schreibtisch und wartete auf ihre Ankunft. Das war jetzt seine Routine, er machte das schon seit einer Woche. Splitternackt, unter dem Schreibtisch seines Besitzers, zu ihren Füßen und ihrer Muschi dienend. Colette kam herein und warf ihm lässig ihr Höschen ins Gesicht.

"Leck mich bis zum Orgasmus und lutsche dann mein Höschen sauber!"

Jean legte seine Zunge auf Colettes haarige Muschi, küsste zuerst ihren Kitzler und leckte dann vorsichtig zwischen ihren Falten. Colettes Muschi roch nach Pisse und Schweiß, aber er wagte es nicht, seinen Ekel zu zeigen. Bald füllte sich sein Mund mit ihren Säften, als sie ihren ersten Orgasmus hatte. Sie hielt seinen Kopf fest und deutete an, dass sie noch nicht fertig war. Er leckte weiter, auf und ab ihren fettigen Schlitz und zwischen ihren Falten. Sie rieb sich inzwischen an seinem Gesicht und auf ihren Befehl hin saugte er an ihrer Klitoris. Colette kam wie eine Besessene und füllte seinen Mund mit ihrer Sahne. Schlucken ist alles, was sie sagte und was er tat. Jeans Gesicht war mit Colettes Sperma und ein paar verirrten Schamhaaren bedeckt. Es wurde ihm verboten, sich zu reinigen.

"Du magst es, meine Fotze zu lecken? Möchtest du meine Hure sein?", lachte Colette.

"Leck meinen dreckigen Arsch Schlampe!", befahl Colette.

Jean hasste diesen Teil, aber er kannte den Preis dafür, sie warten zu lassen. Er kroch auf seinen Knien und steckte seinen Kopf unter ihren Rock. Ihr Arsch war scharf und dreckig und er küsste ihn. Bald spreizte sie ihre Wangen und bat ihn herein. Dem Jungen blieb nichts anderes übrig, als das verschwitzte Arschloch seines Puma-Besitzers zu lecken. Er spreizte seine Zunge über ihr faltiges braunes Loch, er schmeckte ihre morgendliche Scheiße, die ihr noch an den Arschhaaren hing – sie wusch sich nie richtig, sondern setzte seine ekelhafte Arbeit fort. Nach minutenlangem Lecken hatte sie einen weiteren Orgasmus und trat ihn weg.

So verbrachte er seine Tage und Nachmittage, bis Colette ihm einen Monat später befahl, bei ihr einzuziehen.

„Von jetzt an bist du ein Vollzeitsklave"

Jean war jetzt ein Haussklave, das Gute daran war, dass er selten mehr in Colettes Büro gehen musste und nach seinen täglichen Aufgaben etwas Zeit für sich in Colettes luxuriösem Haus verbringen konnte, während Colette im Büro war. Er kochte, putzte und kümmerte sich um Colettes intimere Bedürfnisse, aber er konnte nicht warten, bis das Jahr vorbei war und er wieder frei sein würde.

Eines Abends kam Colette nicht zur gewohnten Zeit herein, sondern er blieb nackt an der Tür stehen, um sie wie gewöhnlich zu Hause willkommen zu heißen. Schließlich hörte er Schritte und der Schlüssel drehte sich um. Colette kam mit einem anderen Mann herein, betrunken und kichernd. Sie sah ihren nackten Sklaven und stieß ihn weg, während sie sich auf dem Sofa niederließen.

„Ziehen Sie ihm Schuhe und Socken aus. Putzen Sie seine Schuhe, bis einer von uns Sie auffordert, damit aufzuhören." befahl Colette, als sie im Schlafzimmer verschwanden.

Jean saß gedemütigt da und putzte die Schuhe eines Fremden, bis er eine halbe Stunde später herauskam und Jean schroff befahl, seine frisch geputzten Schuhe wieder anzuziehen und sich um seine Herrin zu kümmern.

Jean tat wie ihm geheißen, zog seine Socken und Schuhe wieder an und ging dann ins Schlafzimmer, um sich um Colette zu kümmern.

„Hier rein, Hure", rief Colette aus dem Badezimmer.

Sie saß nackt auf der Kommode und Sperma tropfte aus ihrer Fotze.

„Leck meine Fotze sauber vom Sperma seines Mannes, während ich scheiße. Hat mich mit seinem riesigen Schwanz richtig gut in den Hintern gefickt."

Colette furzte, als Jean seine Zunge auf ihr klaffendes benutztes Loch legte, er schmeckte das dicke weiße Sperma. Es war salzig und ekelhaft, vermischt mit ihren Säften und ihrem Schweiß, aber bald war das seine geringste Sorge.

Colette hat einen riesigen Scheit ausgespuckt und der Splashback traf sein Kinn, aber sie hielt seinen Kopf fest. Jean säuberte seine Herrin vom Sperma eines anderen Mannes, während sie scheißte und furzte. Bald pisste sie direkt in seinen Mund, eine Mischung aus Urin und Sperma.

"Trink jeden letzten Tropfen aus, du Fotzenlutscher!" Colette kam zum Orgasmus.

Die Macht über ihren unglücklichen Sklaven reichte aus, um sie über den Rand zu bringen. Jean war über seine Grenzen angewidert, aber er hatte keine Wahl. Jean hatte Colettes Pisse auf ihrer ungewaschenen Fotze geschmeckt, aber noch nie zuvor getrunken, und ihm wurde klar, dass heute Abend das Biest in Colette aufgekommen war!

Es folgten weitere Premieren. Colette ließ sich von ihm den Arsch sauber lecken. Jean schmeckte ihren schmutzigen Arsch, schmeckte ihre frische heiße Scheiße und etwas in ihm veränderte sich. Er liebte ihren Arsch, verloren im Subraum, Jean hatte sich endlich seiner Herrin ausgeliefert. Colette war währenddessen in ihrem Machttrip verloren, sie fand eine Leine und kettete Jean an die Kommode. Sie fand ihren Gürtel und befahl Jean, ihre frische heiße Scheiße zu essen, genau dort, während sie seinen Arsch peitschte und sich zu einem weiteren überwältigenden Orgasmus fingerte!

Angekettet blieb er für die Nacht an der Kommode, bedeckt mit der Scheiße seiner Herrin, den Hintern wund geschlagen, während Colette zu ihrem Bett ging und Nikita anrief, um sie über die Ereignisse zu informieren. Sie hatte endlich Anspruch auf ihren Sklaven erhoben!

ENDE

19

GEHALTSERHÖHUNG
ERIKA SANDERS

21

Anita klopfte an die Tür, als wollte sie sie nicht zerbrechen.

Dies ergab keinen Sinn, da sie die einzige Person war, die noch im Donut-Laden war.

Sie und die Person auf der anderen Seite der Tür.

"Komm rein", klang die Stimme dieser Person.

Anita öffnete die Tür, trat ein und schloss sie hinter sich.

Das Klicken des Schlosses, als er es mit dem Türknauf drückte, schien im ruhigen Büro ohrenbetäubend.

Eric Galvez sah von den Unterlagen auf seinem Schreibtisch auf.

Er warf einen Blick auf Anita, eine brünette und süße mexikanische Angestellte, die die Schuluniform des Geschäfts, ein weißes Hemd mit Knöpfen und einen kurzen karierten Rock trug und eine Tüte Donuts in der Hand hielt.

Sie hatte einen makellosen Körper und dichtes, geschichtetes brünettes Haar, das nicht bis zu ihren Schultern reichte.

"Hallo Anita", sagte Eric.

Der Geschäftsleiter, verheiratet, zwei Kinder und Mitte vierzig, legte den Stift hin und lächelte.

"Hi. Tut mir leid, wenn ich etwas unterbrochen habe", sagte sie schüchtern.

"Natürlich nicht", versicherte Eric ihm. "Setzen Sie sich".

Das kleine Büro des Managers bestand aus einem Sofa, zwei Stühlen, einem Schreibtisch und Aktenschränken.

Eric sah Anita auf sich zukommen, ihr Rock schwang von einer Seite zur anderen.

Sie saß auf dem Stuhl gegenüber von Erics Schreibtisch, schlug die langen Beine übereinander und ließ ihren Rock bis zu den Schenkeln herunter.

Er stellte die Tasche neben sie auf den Boden.

"Was ist los?", Fragte der Manager.

Anita zögerte, holte tief Luft und fuhr langsam mit den Fingern einer Hand über ihr Oberschenkel, von der Unterseite ihres Rocks bis zu ihrem Knie.

"Ich denke darüber nach, vom gemieteten Zimmer in eine Wohnung zu ziehen", sagte er.

Sie war eine Studentin im dritten Jahr an einer örtlichen Universität und arbeitete an verschiedenen Orten an Orten, deren Stunden ihren Unterricht nicht beeinträchtigten.

"Großartig", sagte Eric aufgeregt und blieb dann stehen. "Und brauchst du mehr Geld? Eine Gehaltserhöhung?"

Anita sah ihn schüchtern an, bevor ein ernsterer Ausdruck auf ihrem Gesicht erschien.

„Ich kann nicht glauben, wie viel sie um Miete bitten. Und die Anzahlung ist ... ", begann er zu sagen.

"Ich weiß", unterbrach Eric ihn.

Er sah sie einen Moment an.

Sie hatte fast ein Jahr für ihn gearbeitet und ein anderes Mal um eine Gehaltserhöhung gebeten.

In diesem Fall hatte sie ihren Körper benutzt, um seine Entscheidung zu "beeinflussen".

Eigentlich hatte er seitdem eine weitere Anfrage von ihr gewollt.

Eric schaute auf die Tüte mit den Donuts neben sich.

"Nimmst du ein paar Donuts mit nach Hause?", Fragte er.

Anitas Augen fielen auf die Tasche und gingen zurück zu ihrem Chef.

"Nein. Es ist für dich ... für uns", antwortete sie.

Eric brauchte keine weiteren Erklärungen.

Er hatte auch das letzte Mal eine Tasche mitgebracht.

Und diesmal wusste er, was zu tun war.

Er stand auf, ging um den Schreibtisch herum und ging hinter Anitas Stuhl.

Sie beobachtete seinen athletischen Körper, bis er hinter ihr verschwand.

Ein Schauer lief ihr erwartungsvoll über den Rücken.

"Also hast du mir einen Donut gebracht", sagte Eric leise. "Und du möchtest teilen."

Anita nickte leise.

Eric sah die junge Frau an, deren Hemd oben aufgeknöpft war und deren gebräunte Beine sich unter ihrem ausgestellten Rock ausbreiteten.

Seine Hände klammerten sich nervös an die Enden der Arme auf dem Stuhl.

Eric legte seine Hand auf die Haare des Mädchens und fuhr mit seinen Fingern über ihren Nacken.

Er spürte die warme Haut unter dem Kragen seines Hemdes und legte dann seine Hand auf die Vorderseite seines Halses, bevor er nach dem oberen Knopf griff.

In einer flinken Bewegung löste er den Knopf; gefolgt vom nächsten.

Die Spitzen ihrer Brüste kamen in Sicht, umhüllt von einem schmalen blauen BH.

Seine Finger glitten über die glatte Haut ihrer linken Brust und kehrten dann zum nächsten Knopf zurück.

Mit beiden Händen umkreiste er ihren Hals und öffnete jeden Knopf oben an ihrem Rock.

Eric zog das Hemd aus ihrem Rock und öffnete den letzten Knopf.

Anitas Hemd fiel so weit auf, dass Eric den größten Teil jeder Brust von oben sehen konnte.

Er sah zu, wie sie sich hoben und senkten, während sie schwer atmete.

Ein zentraler Haken zwischen ihren Brüsten hielt ihren BH zusammen.

Das war kein Zufall, dachte Eric bei sich.

Er griff nach unten und löste den BH, ließ die beiden Hälften frei auf den Enden ihrer Brüste ruhen.

Anita saß weiterhin regungslos da und starrte auf Erics Hände oder geradeaus.

Sie wusste, dass sich die Dinge schnell ändern würden.

Eric legte seine Hände auf ihre Brüste und ließ sie fallen, bis seine Finger ihren BH entfernten.

Er nahm ihre nackten braunen Brüste in seine Hände und hielt sie für einen Moment sanft fest.

Schließlich legte er Anitas Brustwarzen zwischen Daumen und Zeigefinger und drückte sie zärtlich.

Die junge Frau seufzte hörbar.

Eric spürte, wie sein Schwanz innerhalb seiner Hosen hart wurde, als er seine Brustwarzen manipulierte.

Sie verhärteten sich unter seiner Berührung und Anita spürte, wie ein aufgeregter Stich durch ihren Bauch zu ihrer Muschi wanderte.

Eric schlang seine Hände um ihre Brüste, konnte sie aber kaum in seinen Griff füllen.

Er hob sie hoch und sah zu, wie sie sich in seinen Handflächen niederließen.

Er kam um den Stuhl herum und stand zwischen dem Schreibtisch und Anita und sah sie kurz an.

"Steh auf und zieh dein Hemd aus", sagte er mit ruhiger Stimme.

Anita kreuzte ihre Beine nicht und stand ein paar Zentimeter von ihrem Chef entfernt.

Er hob das Hemd über seine Schultern und ließ es auf den Stuhl fallen.

Ohne anzuhalten, tat sie dasselbe mit ihrem BH.

Eric legte seine Hände auf die Außenseite von Anitas Schenkeln und hob seine Hände, bis sie unter ihrem kleinen Rock verschwanden.

Anita spürte, wie sich seine Hände über die Außenseite ihres Höschens und über ihren Hintern erhoben.

Dann legte Eric seine Hände auf ihre Taille und packte den Riemen ihres Höschens.

Langsam senkte er sie und kniete nieder, als sie an ihren Knien vorbei und auf ihre Füße gingen.

Er legte das schwarze Höschen auf den Stuhl und zog ihre Schuhe aus.

Nachdem sie aufgestanden war, schaute sie auf ihren Rock und sagte: "Zieh es aus."

Anita knöpfte ihren Rock auf, ließ ihn zu Boden fallen, trat heraus und trat ihn beiseite.

Eric bewunderte ihre kleine Taille, die vollen Hüften und die Oberschenkel.

lange Beine und kleine Füße.

Seine Augen kehrten zu ihrer Muschi und zu der kleinen, dünnen dunklen Haarsträhne an ihrem Kitzler zurück.

Anita fühlte sich in diesem Moment außerordentlich sexy, und die Luftfeuchtigkeit zwischen ihren Beinen nahm von Sekunde zu Sekunde zu.

Sie wollte den Mann nackt vor sich haben und sie wusste, dass es unvermeidlich war.

"Zieh mich aus", sagte er zu ihr.

Er musste seine Bewegungen absichtlich verlangsamen, um sein Verlangen nicht zu offenbaren.

Es dauerte jedoch nicht lange, bis Anita Erics Hemd über den Kopf zog und einen gut gebauten, wenn nicht übermäßig muskulösen Oberkörper enthüllte.

Sie sah nach unten und schnallte ihren Gürtel ab. Erics Augen wechselten zwischen ihren Brüsten und Händen.

Sie knöpfte seine Hose auf und zog sie herunter, bis sie von selbst auf ihre Waden fielen.

Anita kniete nieder und zog ihre Schuhe und Socken aus, bevor sie ihre Hose auszog und sie beiseite warf.

Er freute sich auf die wachsende Ausbuchtung seiner Boxer, packte dann den Bund und zog sie herunter.

Erics riesiger Schwanz war nur halb aufgerichtet, aber Anita spürte eine Welle der Aufregung über sich fließen, als er seine Boxer auszog.

Sie stand auf und sah ihren Chef an.

Zu Anitas Erleichterung machte er den ersten Schritt, indem er sie umarmte und zu sich zog.

Er küsste sie leidenschaftlich, drückte seinen Schwanz gegen ihren Körper und bewegte seine Hände zu ihrem Arsch.

Eric drückte seine weichen Wangen, als sich ihre Zungen zwischen seinen Lippen trafen.

Anita spürte, wie ihre Fotze gegen ihren Körper drückte, nicht sicher, ob sie entschlossener war, sich selbst oder Eric zu befriedigen.

Ihr Kuss ging weiter, als sie eine Hand um seinen Schwanz legte und fühlte, wie er pochte.

Der Schwanz begann nach oben zu zeigen und das Mädchen pumpte wiederholt ihre Hand auf und ab.

Als der Kuss vorbei war, sah Eric Anita an und sagte:

"Meine Frau tut mir das nicht an. Du machst es wunderbar."

"Danke, ich bin froh, dass es dir gefällt", lächelte er.

"Ich habe Hunger", sagte Eric.

"Ich auch".

Sie gingen zum Sofa.

Eric schnappte sich unterwegs die Tüte mit den Donuts.

Er fand Zeit, Anitas kleinen runden Hintern mit seinen Schritten hüpfen zu sehen, bevor er sich auf die Couch legte, ihren Kopf auf einem kleinen Kissen an einem Ende.

Eric griff in die Tasche und holte einen Donut und ein kleines Plastikmesser heraus.

„Ah, gefüllt mit Vanillecreme. Meine Favoriten ", sagte er. "Möchten Sie teilen?"

"Ich würde es gerne tun", antwortete Anita.

Eric kniete nieder, legte den mit Schokolade überzogenen Donut auf den flachen Bauch des Mädchens und schnitt ihn vorsichtig mit dem Messer in zwei Hälften.

Ein Schauer lief durch Anitas Körper, als das Messer kaum ihre Haut streifte.

Eric sah zu, wie sie zuckte, als die Klinge des Messers aus dem dicken Donut wieder auftauchte. Dann legte er das Messer und die Hälfte des Donuts auf die Tasche auf dem Boden.

Er hob den Donut von ihrem Bauch und drehte das mit Sahne gefüllte Zentrum zu ihr.

Methodisch senkte er sie, bis sich die Brustwarze ihrer rechten Brust direkt unter der Creme befand.

Mit einem langen, glatten Strich zog er eine Schicht Vanillecreme über das Ende ihrer Brust.

Anita schloss die Augen, als die kalte Polsterung ihre Brustwarze und die umgebende Haut bedeckte und Wellen durch ihren Körper zu ihrem Bauch und ihrer Muschi sandte.

Eric schob den Donut leicht zur Seite und wiederholte den Vorgang, wobei er neben dem ersten ein zweites Cremeband hinzufügte.

Schließlich drehte er den Donut um und rieb den Schokoladenüberzug über die Spitze ihrer steifen Brustwarze.

Eric legte den Donut in die Tasche und sah Anita an.

Sie beobachtete aufmerksam, erwartete ihren nächsten Schritt und bat ihn schweigend, sie zu verschlingen.

Eric bewegte seinen Kopf über ihre Brust und leckte ihre Brustwarze, um die süße Schokolade zu genießen.

Anita stöhnte fast laut auf, fing sich aber und sah zu, wie sich die Zunge ihres Chefs verlängerte, um einen Zentimeter über und unter der Brustwarze einzuschließen.

Er schluckte einmal, bevor er zur Brust zurückkehrte. Diesmal öffnete er den Mund weit und platzierte so viel wie möglich von der vollen, runden Brust des Mädchens.

Seine Zunge kratzte mehrmals über die Brustwarze, bevor sich seine Lippen um das rosa Fleisch schlossen und daran saugten.

Diesmal konnte sich Anita nicht helfen.

"Oh Gott", flüsterte er.

Eric hob den Kopf und leckte sich die Creme von den Lippen.

Als sein Mund wieder auf Anitas Brust landete, drückte seine Hand ihre Brust nach oben und er leckte hungrig den Rest der Vanillecreme von ihrer Haut.

Es kam immer wieder auf die Brustwarze zurück.

Anita bog den Rücken und drückte ihre Brust höher.

Sie spürte, wie die Nässe zwischen ihren Beinen mit jedem Zungenschlag über ihre Brustwarze stieg und sie war sich sicher, dass er sie kommen lassen könnte, wenn er sie so hielt.

Sie griff wieder nach dem Donut und verteilte diesmal die weiße Füllung und Schokolade in größerer Menge auf ihrer linken Brust.

Die Creme bedeckte fast zwei Drittel der Brust und ließ Eric mit einem fast hohlen halben Donut in der Hand zurück.

Nachdem er den Donut wieder in die Tasche gelegt hatte, beugte er sich über Anitas Körper und legte ihre Brust akribisch nacheinander frei.

Das Mädchen legte ihre Hand auf Erics Kopf und drückte sie fester gegen seine Brust.

Währenddessen bewegte sich seine Hand von ihren Hüften zu zwischen ihren Beinen und streichelte kurz den Kitzler, der unter einer sorgfältig geschnittenen dunkelbraunen Haarsträhne vergraben war.

"Oh Jesus", sagte sie leise. "Das fühlt sich so gut an."

Mit nur einer kleinen Menge Vanillecreme auf der Brust kletterte Eric auf die Couch und legte seine Beine zwischen seine.

Sein Schwanz war jetzt vollständig aufgerichtet und zeigte in einem scharfen Winkel nach oben.

Er beugte sich vor, legte seinen Schwanz auf die cremefarbene Brust und bewegte ihn von einer Seite zur anderen, bis er eine kleine Schicht der weißen Polsterung hatte.

Anita benutzte ihre Hand, um den Schwanz auf die Bereiche mit der meisten Creme zu lenken.

Bald war es vom rosa Kopf bis zur Basis weiß.

Anita sah zu, wie Eric nach vorne rutschte und seinen Schwanz an ihre Lippen brachte.

Eifrig öffnete sie den Mund und nahm das Geschenk an.

Der zuckerhaltige Geschmack der Creme ließ sie fast die Liebe vergessen, die sie für den Geschmack eines heißen, harten Schwanzes empfand.

Seine Zunge wirkte auf allen Seiten des Mitglieds, als Eric sie in seinen Mund hinein- und herausschob und ihn vor Vergnügen stöhnen ließ.

"Ummmm, Anita. Saug mich Leck mich so ", sagte Eric. "Ja, ja. So."

Das Mädchen brauchte ein paar Minuten, um die letzte Creme von seinem Schwanz zu bekommen; saugen, lecken und schlucken so schnell er konnte.

Als es vorbei war, war Eric härter als zuvor und näherte sich dem Höhepunkt.

"Fick mich, Eric", rief Anita laut aus. "Ich will dich in mir. Bitte."

Als ihr Chef von der Couch stieg, spreizte Anita ihre Beine und hob die Knie.

Als sie seinen Schwanz am Eingang ihrer Muschi hatte, war ihre Hand in Position, um ihn zu ihr zu führen.

Sogar sie war überrascht, wie bereit sie für ihn war.

Sobald der Kopf des geschwollenen Penis die Öffnung fand, konnte Eric sich senken, bis sich ihre Schenkel in einem sanften Schlag trafen.

"Gott ja. Fick mich ", sagte Anita.

Eric kam ihren Forderungen schnell nach.

Er hob sie in ihren Arsch und begann seinen Schwanz hinein und heraus zu schieben, fühlte, wie sich ihre Vagina regelmäßig zusammenzog.

Anita hob ihre Beine und schlang sie sanft um Erics Taille, sodass er sie noch höher heben konnte.

Anitas Brüste schwankten rhythmisch.

Er kniff gelegentlich in ihre Brustwarzen und schickte so etwas wie elektrische Ströme direkt in ihre Muschi.

Währenddessen positionierte sich Eric neu, so dass eine freie Hand ihren Kitzler massieren konnte.

Er fand die aufgeblasene Beule leicht und rieb sie.

Der Kopf des Mädchens begann von einer Seite zur anderen zu schwanken und zu murmeln:

"Scheiße. Scheisse. Ja da. Dort!"

Eric rieb sich stärker und spürte, wie sich sein Körper zusammenzog.

Ihre Beine drückten ihn fest und sie schrie: „Ahhhh. Oh Gott. Jetzt."

Ihr Orgasmus begann mit einem weiteren gedämpften Stöhnen und ihre Hüften ruckten hoch, um seinen Stößen nach unten zu begegnen.

Mindestens dreißig Sekunden lang drang Eric immer wieder in sie ein, während sie stöhnte und schrie, er solle sie ficken.

Eric wollte, dass das Gefühl ihrer engen Muschi um seinen Schwanz und ihres sich unter ihm krümmenden Körpers für immer anhielt.

Er hielt sich an ihrem Arsch fest, als sie sich langsam auf der Couch niederließ.

Jetzt konnte Eric sich auf seinen eigenen Körper konzentrieren und spürte, wie die erste Spermawelle aus seinen Bällen stieg.

Anita spürte den Orgasmus auf sich zukommen und drängte ihn weiterzumachen.

"Das war's. Komm schon, Sperma auf meine Muschi."

Erics Schwanz explodierte in einer Flut von Sperma, die Anita fühlte, als sie ihr Inneres füllte.

Die warme Flüssigkeit schoss in mehreren Düsen heraus, die jeweils von einem lauten Stöhnen begleitet wurden.

Eric packte Anita am unteren Teil der Schultern und drückte ihren Körper gegen seinen.

Als sie fertig werden wollte und mit seinem Schwanz tief in ihr stehen blieb, drückte Anita ihre Muschi fest.

"Ahhh, verdammt. Hör auf ", murmelte Eric, fast außer Atem und halb lachend.

Er zitterte ein letztes Mal und fiel schlaff und völlig erschöpft von ihr.

Er lag in ihren Armen, seinen Kopf auf seiner Brust und seine Beine immer noch um seine Taille gewickelt.

"Alles was du tun musst ist zu fragen wann immer du willst", sagte Eric leise, sein Finger fuhr über den Umriss ihrer Brustwarze.

"Ich hatte heute Hunger", sagte sie.

ENDE

UNERWARTETE SITUATION
ERIKA SANDERS

35

Kapitel I

"Ich werde im Raum auf dich warten und etwas Aufschlussreiches anziehen", hatte John gesagt.

Sie behandelten ihn wie Essen zum Mitnehmen, dachte Gina, als der Anruf endete.

Und so fühlte sie sich jetzt, als sie Make-up in den Schminktischspiegel auftrug: schattierte Augen, rote herzförmige Lippen und gerade genug Make-up auf ihrem Gesicht, um sie nicht wie eine Wachsfigurenfigur aussehen zu lassen.

Möchtest du noch etwas in deiner Bestellung, Schatz?

Zufrieden mit ihrer Arbeit ging sie barfuß über den Schlafzimmerteppich, trug nur BH und Höschen und öffnete den Schrank.

Aus einem Regal über ihrer Kleidung holte sie eine kleine Schachtel Geld heraus und trug sie ins Bett.

Als sie es öffnete, fielen viele zehn und zwanzig auf die Seidenblätter.

Gina zählte vier von zwanzig und legte den Rest in die Schachtel.

Sie stellte die Schachtel wieder in den Schrank, steckte das Geld in ihre Handtasche und begann sich anzuziehen.

John lebte auf der anderen Seite der Stadt in einem luxuriösen Einfamilienhaus mit fünf Schlafzimmern in der Nähe des Kanals.

Je nach Nachmittagsverkehr würde er zehn Minuten brauchen, um dorthin zu fahren.

Er war ein relativ neuer Kunde von ihr, der bisher sechs Mal gedient hatte.

Sie hasste es.

Er war arrogant, unhöflich und völlig pervers.

Er war italienischer Abstammung: olivfarbene Hautfarbe, eine große Nase und dichtes schwarzes Haar.

John aß gern und Gina dachte, er sah aus wie eine Kreuzung zwischen einem Gangster aus den 1940er Jahren und einem Schwein mit dickem Bauch.

Er hatte damit geprahlt, dass er Verbindungen zur kriminellen Unterwelt hatte, aber Gina war sich nicht sicher, wie viel von dem, was er sagte, wahr war.

Sie dachte, er wollte sie nur beeindrucken.

Sie konnte nicht verstehen, warum Männer dies für Mädchen attraktiv fanden.

Gina hasste Gewalt und schaltete einen Film beim ersten Anzeichen von Blut oder Gewalt aus.

Aber John war definitiv in einer Art unzuverlässigem Geschäft.

Sie hatte Waffen in ihrem Haus gesehen.

Er hatte während ihrer sexuellen Beziehung hitzige Telefonanrufe mitbekommen, die John nicht ignorieren wollte.

Apropos Geld und Drogen.

Sie fand Männer wie John abscheulich: gierig, egoistisch, unehrlich und korrupt.

Sie brauchte das Geld jedoch zu sehr.

Ginas Leben war voller Schulden.

Ein geisteswissenschaftlicher College-Kurs, der Mini-Fiat, der jeden Tag zu ihrer Sekretärin führte und Kleidung, Urlaub auf Ibiza und einen Kredit kaufte, den sie aufgenommen hatte, um ihre Wohnung einzurichten.

Sie schwamm in Schulden, aber die Darlehensfirmen hatten ihr nie etwas verweigert.

Und deshalb hatte er das letzte Jahr als private Eskorte gearbeitet.

Privat war das Schlüsselwort.

Sie hatte keine Online-Werbung, zu ängstlich, dass ihre Familie oder Freunde ihr schmutziges Geheimnis herausfinden würden.

Sie verließ sich vielmehr auf Mundpropaganda und ihre Stammgäste, Leute wie John.

Der erste Mann, der sie dafür bezahlte, Sex mit ihr zu haben, hieß Peter.

Sie traf ihn nach ihrer Trennung von Adams auf einer Dating-Site, wusste aber sofort, dass es nichts für sie war.

Es war nicht die Tatsache, dass er in den Vierzigern und fünfzehn Jahren älter war als sie.

Aus diesem Grund hatte sie ihn überhaupt kennengelernt und gedacht, ein älterer Mann könne ihm geben, was Adams, ein vierundzwanzigjähriger Junge, nicht konnte.

Engagement, Sicherheit, vielleicht neue sexuelle Erfahrungen.

Sie fühlte sich einfach nicht mit Peter verbunden und fand eine Stunde nach ihrem ersten Date heraus, dass sie zu zweit in einem indischen Restaurant im schönsten Teil der Stadt zu Abend essen konnten.

Sie verabschiedete sich und dankte ihm für ein köstliches Essen. Sie dachte, es wäre das letzte Mal, dass sie ihn sehen würde.

Aber Peter interessierte sich mehr für sie als er ursprünglich gedacht hatte.

Er kontaktierte sie zwei Tage später mit einem Angebot, sie für Sex zu bezahlen.

Gina war zuerst überrascht, sogar beleidigt.

Mit ihrer tiefen Bräune, den gefärbten blonden Haaren und der Vorliebe, Kleidung zu enthüllen, wusste sie, dass sie einen gewissen attraktiven Eindruck machte.

Aber das würde sie nicht zu einer Hure machen oder zu jemandem, der beim ersten Anzeichen finanzieller Schwierigkeiten ihre Beine spreizen würde.

Sie hatte sicherlich Mädchen getroffen, die es tun würden.

Aber Peter schien so ein netter Kerl zu sein, und je mehr Gina über ihre Schulden nachdachte, desto mehr fragte sie sich, welchen Schaden es anrichtete, das Angebot anzunehmen. Es würde einen gegenseitigen Nutzen geben.

Peter würde sie besitzen und sie würde das Geld bekommen, das sie dringend brauchte.

Wenn niemand wirklich verletzt wird, was war das Problem?

Gina war jedoch naiv.

Sie hätte nie gedacht, wie süchtig bezahlter Sex sein könnte oder wie billig und elend sie sich fühlen würde.

Um die Sache noch schlimmer zu machen, war Peter nicht der Gentleman, für den sie ihn zuerst gehalten hatte.

Bald wurde bekannt, dass sie gut in ihren Diensten war, und das konnte nur sein, weil er es direkt verbreitete.

Angebote aller Art füllten über die Dating-Site, auf der er Peter getroffen hatte, seinen Briefkasten.

Er konnte nicht glauben, wie viele ältere Männer dort nach jüngeren Frauen für Sex suchten und wie viele bereit waren, dafür zu bezahlen.

Es war sehr lukrativ für sie gewesen und sie lernte bald, dass sie mehr Geld verdienen könnte, wenn sie bereit wäre, ihre Grenzen ein wenig mehr zu verschieben.

Männer zahlten mehr für Dinge wie Anal, Dominanz, goldene Dusche und verschiedene Arten von Rollenspielen.

Gina hatte in Schulmädchenuniformen, sexy Dessous und Peitschen investiert. Sie hatte gegessen, was ihr vorgeschlagen wurde, und alle möglichen Gegenstände in sich gestopft und sogar so getan, als würde sie einen fünfzigjährigen Mann in einer Windel stillen.

Natürlich hatte John mit seinem Geld alle verfügbaren Dienste genossen.

Von hochklassigen Prostituierten über Pornostars bis hin zu dreiseitigen Models.

Es war eine Besessenheit, die an Sucht grenzte.

Es schien, dass alle jungen und schönen Mädchen bereit waren, ihre Attribute zu verkaufen, während sie sie immer noch begehrenswert hatten.

Es war tragisch.

Es war also keine Überraschung, dass John, nachdem er von einem Freund gelernt hatte, Gina kontaktierte.

Und heute Abend würden sie zum fünften Mal zusammen sein.

Gina sah auf ihre Uhr und befestigte ihre Kleidung im Flurspiegel. In einem Jahr wird alles vorbei sein, Mädchen, erinnerte sie sich.

'Du kannst es schaffen.'

Dann schnappte er sich seine Schlüssel und ging zur Tür hinaus.

Kapitel II

Zehn Minuten später hielt er an der Midesting Road an.

Es war kurz nach halb elf, und eine Poolparty in einem der anderen Häuser war in vollem Gange.

Er fuhr durch die schmiedeeisernen Tore von Johns Haus und parkte den Fiat auf der Straße.

Der Mond schien auf das Dach von Johns silbernem Mercedes, als er das Geräusch seiner Absätze auf dem Kies knirschen hörte und zur Seite des Hauses ging.

John hatte ihm gesagt, er solle durch den Hintereingang hereinkommen.

Heute Abend werden sie ein Rollenspiel spielen.

Er wird auf dem Bett liegen und sie wird wie ein Dieb hereinkommen und ihn überraschen.

John liebte es, Dinge durcheinander zu bringen.

Sie hatte noch nie einen so sexuell einfallsreichen Mann getroffen.

Er blieb auf halber Höhe des Hauses stehen und sah die Gasse auf und ab.

Sie war sich sicher, dass niemand sie dort sehen würde, aber sie wollte es für alle Fälle sicherstellen.

Sie senkte ihr Höschen, zog es sich über die Fersen und richtete dann ihren Rock auf.

Sie stopfte ihr Höschen in ihre Tasche.

Rote Spitze, Johns Favorit.

Dann stolperte sie auf den Fersen den Weg hinunter und öffnete die Tür zum Garten hinter dem Haus.

Ein Metallmülleimer klirrte, als er ihn versehentlich mit der Spitze seiner scharfen Ferse trat.

'Blöd!' Sie ermahnte sich.

Das Küchenlicht war an und die Terrassentür, die zu ihr führte, war angelehnt.

John muss es für sie offen gelassen haben.

Gina warf ihre Haare zurück, setzte ihren sinnlichen Spaziergang fort und betrat das Haus.

Er roch brennend, als er die Küche betrat und die Tür schloss.

Es war wahrscheinlich eine der Zigarren, die John gern rauchte.

Er war so ein rauchender Gangster.

Das Haus war still.

John muss im Bett auf sie warten, wie sie es ihm gesagt hatte.

Gina ging durch das sorgfältig eingerichtete Esszimmer, alle modernen Möbel und Holz in einem tiefroten Farbton, und hinaus in den Flur.

Sie sah die Wendeltreppe hinauf.

"John", sagte er spöttisch. "Bist du bereit oder nicht?"

Ihre Absätze klickten von den polierten Stufen, als sie die Treppe hinaufstieg.

Als sie in den Flur einbog, sah sie Johns Schlafzimmertür offen stehen.

Das Licht war an, machte aber immer noch keine Geräusche.

Dann hörte er ein Knarren.

'John?'

Der dicke Bastard saß wahrscheinlich auf seinem Thron im Bad.

Gina strich sich die Haare glatt, senkte den Ausschnitt und betrat den Raum.

In diesem Moment schien alles anzuhalten.

Ginas ganzer Körper erstarrte.

John lag nackt auf dem Bett und starrte an die Decke. Eine Blutlache tränkte die Laken um ihn herum und sein Hals war durchgeschnitten.

Schrie Gina.

Eine dunkle Gestalt kam hinter der Tür hervor und packte sie, legte einen Arm um ihren Hals und legte seine Hand über ihren Mund.

»Mach keinen Lärm, sonst schneide ich auch deinen«, sagte er.

Gina spürte die kalte, scharfe Spitze eines Messers an ihrem Hals.

'Wer du bist?' sie stöhnte.

"Jemand, den du nicht ficken willst"

Der Mann drückte ihren Nacken mit seinem muskulösen Unterarm fester.

'Was machst du hier?'

"Ich bin gekommen, um John zu sehen."

'Wofür?'

'Er hat mich gebeten, es zu tun.

'Warum?' forderte der Mann.

"Nur um es zu sehen."

Er zerdrückte Ginas Luftröhre mit seinem Arm und ließ sie ersticken.

'Warum?' Schrei.

"Um Sex zu haben", schaffte es Gina zu stammeln.

Sie fing an zu husten, als der Mann den Druck um ihren Hals lockerte.

'Bist du eine Prostituierte?' er sagte.

'Nicht!'

'Na und?'

'Ein Begleiter'.

"Es ist das gleiche", sagte der Mann.

Gina sagte nichts, zu ängstlich, dass der Mann ihr den Hals brechen oder sie erstechen könnte, wenn sie ihm widersprach.

"Es scheint, wir haben ein Problem", sagte er.

Er drehte sich zu Johns leblosem Körper um und hielt Gina fest zwischen seinem Arm und seiner Brust.

Gina hatte das Gefühl, dass sie krank werden würde, wenn sie so viel Blut sah.

"Jetzt bist du Zeuge eines Mordes."

"Bitte", bettelte Gina.

'Ich werde es niemandem erzählen. Lassen Sie mich einfach gehen.'

Kapitel III

Ein unheimliches Lachen kam von dem Mann.

"Sie verstehen sicher, dass es nicht so einfach sein wird."

Angst schoss durch Ginas Körper.

Er spürte, wie warmer Urin über die Innenseite seiner Beine tropfte.

Sie wollte heute Nacht nicht sterben.

Der Mann packte sie mit seiner Hand mit Lederhandschuhen am Arm und führte sie ins Badezimmer.

Er schloss die Tür hinter sich und drehte sich zu ihr um.

Gina trat in eine Ecke zurück, als sie sein Gesicht sah.

Sie hatte nicht erwartet, dass es eines der schönsten Gesichter sein würde, die sie jemals gesehen hatte, aber es war die tiefe Narbe, die über seine Wange lief, die sie am meisten überraschte.

Und sein Körper schien zum Töten gemacht zu sein, mit den Schultern eines Boxchampions und er konnte sich einen Hals in zwei Hälften brechen.

Er war ein Monster.

Er sah sie mit harten blauen Augen von oben bis unten an.

"Wer weiß, dass Sie hier sind?"

'Niemand! Bitte kannst du mich gehen lassen und fliehen. Ich versichere Ihnen, ich werde es der Polizei nicht sagen. '

Er näherte sich ihr in einem langsamen, räuberischen Schritt.

'Dafür ist es zu spät. Du hast mein Gesicht schon gesehen. '

„Ich verspreche, ich werde es nicht sagen. Bitte, ich oder John interessieren mich nicht, ich möchte nur nach Hause gehen. Ich will nicht sterben. "Gina brach in Tränen aus.

Der Mann legte eine behandschuhte Hand auf ihre nackte Schulter und näherte sich drohend ihrem Gesicht.

Gina spürte, wie die warme Luft aus ihrer Nase ihre Wangen berührte.

"Jetzt, jetzt, jetzt", schnurrte er. "Warum dieses hübsche Gesicht ruinieren?"

Er fuhr mit einem langen Finger über Ginas tränenüberströmte Wange.

Ginas ganzer Körper verwandelte sich in Eis, als sie seine Berührung spürte.

Die Anziehungskraft, die sie auf den Körper dieses Mannes empfand, und die Angst, von jemandem, von dem sie wusste, dass er sie leicht töten könnte, an die Wand gedrückt zu werden, waren äußerst widersprüchlich.

Er beugte sich näher und fuhr mit seiner rauen Zunge über ihr Gesicht, wodurch sie spürte, wie ein Schauer durch ihre Haut lief.

Sie hatte nicht erwartet, was als nächstes kommen würde.

Die behandschuhte Hand des Mannes glitt unter ihren Rock, seine langen Finger tasteten nach ihren freiliegenden Lippen.

»Freches Mädchen«, sagte er bei ihrer unerwarteten Entdeckung.

"Bitte ... oh"

Der Mann hatte seinen Handschuh ausgezogen und ein langer, fleischiger Finger war jetzt in ihr.

Er fand Ginas Kitzler glatt und massierte ihn, wodurch eine Hitze entstand, die sich in ihr ausbreitete.

Gleichzeitig fuhr er mit der Zunge über die festen Konturen von Ginas Nacken.

Gina drehte sich um und sah ihr Spiegelbild im Spiegel über dem Waschbecken.

Und er sah auch dieses große seltsame Tier wie einen Vampir in seinem Nacken versinken, wobei die Klinge des Messers in seiner freien Hand als Warnung im Halogenlicht blitzte.

Sie wagte es nicht, sich zu bewegen, aus Angst, dass er seine scharfe Spitze gegen sie einsetzen würde.

Der Mann zog sich zurück und sah über ihren Körper.

Es war eine tiefe Erregung in ihnen, als könnte er ihren nackten Körper durch die Kleidung sehen.

Er schob ihre Tasche von ihrer Schulter und ließ sie auf den Boden fallen, als eine Tube Lippenstift und rotes Höschen auf die Fliesen fiel.

Er packte eine ihrer Brüste durch ihre hautenge Weste und drückte sie sanft, dann fuhr er mit seinem Finger über ihre Brustwarze, als sie fest stand.

Sie war Kitt in ihren Händen.

"Was machst du mit mir?" Sie fragte.

"Da wir alleine sind und den Platz nur für uns bereit haben, werde ich dir geben, was der Typ da drüben dir niemals gegeben hat."

Oh Gott, dachte Gina. Nicht das.

Der Mann spürte ihre Angst und lächelte.

'Keine Sorge. Sobald du mich in deiner Muschi erlebst, wirst du froh sein, dass der andere tot ist.

Der Mann hatte Recht, dass sie allein waren.

Ohne Nachbarn in der Nähe würde jeder Hilferuf zu erfolglosen Ergebnissen führen.

Wenn ... wenn sie zustimmte, tat, was der Mann sagte, konnte sie das Haus lebend verlassen.

Welche andere Möglichkeit hatte sie, mit all den anderen Chancen gegen sie das beste Rollenspiel ihres Lebens zu spielen?

Also traf er eine Entscheidung.

Sie würde die beste Leistung ihres Lebens erbringen.

Und wenn es fehlschlug, hatte sie einen Backup-Plan.

"Zieh das aus", knurrte der Mann und nickte zu seiner Weste.

Gina tat was er sagte.

Als die Weste über ihren Kopf glitt, schüttelte sie ihre Haare und richtete ihre Augen auf seinen Körper.

"Ich möchte, dass du dich auch ausziehst", sagte er.

Der Mann stieß ein spöttisches Lachen aus.

»Du wirst mir nicht sagen, was ich tun soll. Und ich bin nicht so dumm, wie du denkst. Wirf es runter. ' Er nickte Ginas Rock zu.

Sie knöpfte ihren Rock auf, ließ ihn über ihre Beine fallen und trat ihn dann mit ihrer Ferse gegen ihn.

Sie war in Absätzen und einem BH vor ihm und hatte rasierte Lippen, die der kühlen Luft des Badezimmers ausgesetzt waren.

Sie hob ihre blauen Augen mit Wimperntusche zum durchdringenden Blick ihres Entführers.

"Wie süß und schön", sagte er und saugte Luft durch seine Nasenlöcher. 'Dreh dich um.'

Gina drehte sich um und sah auf die Fliesenwand.

Durch das Spiegelbild sah sie zu, wie sich der Mann vorbeugte und ihren Schritt streichelte, während er ihren Hintern studierte.

Die große Ausbuchtung, die er aus seiner Hose ragen sah, ließ sie wissen, dass er gut ausgestattet war.

Er ließ sie sich vorbeugen, packte sie an den Hüften und brachte seinen Schritt zu ihr.

Der harte, fette Klumpen wurde jetzt gegen die Spalte ihres Gesäßes gedrückt.

Seine bloße Hand berührte ihren Arsch und er schob sie nach vorne, das Messer immer noch fest in der anderen.

Gina beobachtete ihn, als er es auf die Theke neben dem Waschbecken stellte und begann, seine Hose aufzuknöpfen.

Sie starrte auf das Messer und kämpfte gegen den Drang an, es zu ergreifen.

Aber sie wusste, dass sie nicht so dumm sein konnte; Mit ihrer Größe würde der Mann in Sekundenschnelle ihren kleinen fünf Fuß großen Körper dominieren. Trotzdem war es verlockend ... sehr verlockend.

Seine schwarze Hose fiel zu Boden und enthüllte ein Paar ebenfalls schwarzer Boxer auf riesigen, muskulösen Oberschenkeln.

Seine Erektion stieg bis zum Saum an, geschwollen und riesig.

Gina schluckte das Keuchen, das fast aus ihrem Mund kam.

Wie sollte er in all das hineinkommen?

Der große Schwanz war gespannt gegen den engen Stoff seiner Boxershorts und wollte unbedingt raus.

Als der Mann sie senkte, fiel der große lila Kopf auf Ginas Wangen.

Das dicke und stark geäderte Glied war mindestens zehn Zoll lang.

Der Mörder war ein sexueller Adonis.

Er packte ihre Hüfte mit seiner immer noch behandschuhten Hand und nahm seinen Schwanz mit der anderen und führte ihn zu Ginas Schamlippen.

Als sie den warmen, weichen Schwanz zwischen ihren Lippen spürte, schnappte Gina nach Luft.

Und als er sie hineinschob, gaben ihre Knie fast nach.

Der Penis war kühn tief gestoßen und pochte vor Aufregung in ihrer heißen, feuchten Vagina.

Er traf einen Bereich in Gina, der noch nie zuvor durchdrungen worden war, und ihr tückischer Kitzler begann vor Aufregung zu pumpen, Feuchtigkeit sammelte sich auf ihren Lippen und Wänden, um diesem aufregenden Neuankömmling gerecht zu werden.

Der Mann begann zu stoßen, seine starken Hüften konnten die Härte von Ginas Innenwänden mit außerordentlicher Geschwindigkeit erzwingen.

Es fühlte sich unglaublich an.

Sie packte den Rand der Waschtischplatte, als er weiter in ihre feuchten Schamlippen eindrang und seine Eier gegen sie klatschten.

Er zog den anderen Handschuh aus und seine großen, überraschend weichen Hände liefen über ihren Rücken und öffneten ihren BH.

Es fiel auf den Fliesenboden und ließ ihre Brüste los.

Jetzt trug sie nur noch ihre Absätze, als das riesige Tier sie von hinten schlug.

Gina spürte, wie er sich zurückzog und ihre Muschi einen Moment der Erleichterung bekam.

Aber es dauerte nicht lange, bis sein Schwanz wieder in ihr war, aber diesmal in Richtung ihres Arsches.

Der massive Schwanz des Mörders drang in die engen Falten von Ginas Anus ein und sandte einen scharfen Schmerz durch sie.

Für einen Moment dachte er, dass er den Schmerz nicht ertragen könnte, seine Muskeln spannten sich, um diesen Fremdkörper auszutreiben, aber dann entspannten sie sich, als der Schmerz sich in Vergnügen verwandelte.

Gina hatte zuvor Analsex erhalten, aber nicht von einem so großen Phallus wie diesem.

Das Vergnügen, das sie jetzt überflutete, war anders als alles, was sie jemals zuvor gefühlt hatte.

Sie musste sich daran erinnern, wo sie war.

In Johns Haus wird er von einem Mann gefickt, der ihn gerade getötet hat.

Johns tote und bereits etwas kalte Leiche lag ein paar Meter entfernt im anderen Raum wie ein schreckliches Bildnis seines früheren Ichs.

Gina wusste, dass sie dieses Bild niemals aus ihrem Gedächtnis löschen würde, egal wie sehr sie es verachtete.

Und es würde den Hass auslöschen, den sie ihm gegenüber empfand, wenn er damit lebend zurückkommen und ihr jetzt helfen könnte.

Aber es ist etwas Seltsames an dem, was passiert, wenn Sie mit einer Morddrohung konfrontiert werden und Gina es zum ersten Mal in diesem Badezimmer erlebte, in dem sie jetzt gefangen gehalten wurde.

Ein Instinkt übernimmt, so ursprünglich, dass man ihn nicht mehr als tierischen Instinkt empfindet.

Und Sie wissen, dass Sie alles tun werden, um zu überleben.

Kapitel IV

Der Mann schlug sich mit wütenden Stößen auf den Arsch, Speichel lief aus seinem Mund, sein hübsches Gesicht war gerötet und erregt.

Die leisen, kehligen Geräusche, die er machte, sagten Gina, dass er gleich kommen würde.

Sie packte die Kante der Theke fest.

Die Fingerspitzen wurden weiß, als er sich festhielt.

"Scheiße", stöhnte der Mann.

'Ich werde rennen'.

Und er tat es und ein schwerer Seufzer kam aus seinem Mund, er schloss die Augen und bog den Kopf zurück ...

Und Gina nutzte ihre Chance.

Er ließ die Theke fallen und griff nach dem Messer.

Mit einer blinden und kraftvollen Bewegung seines Armes stieß er ihn in den Hals seines Täters.

Sie sprang auf und drückte ihren Rücken gegen die Wand, die kalten Fliesen gegen ihren schweißnassen Rücken.

Mit großen Augen vor Angst und Sorge sah Gina, dass der Mann in einer statischen Haltung stand und würgte, als seine großen Augen sie anstarrten.

Das Messer ragte aus seinem dicken, glänzenden Hals und dunkelrotes Blut sickerte über den Kragen seines schwarzen Mantels.

Sein Schwanz war immer noch aufrecht, eine glänzende Spur von Sperma baumelte von der Spitze.

Seine benommenen Augen blieben auf Ginas gerichtet, als ihr Mund auffiel und Blut auf ihre Unterlippe floss.

Es gelang ihm, das Wort 'Bitch' zu gurgeln, bevor er zurückbrach und gegen die Tür krachte.

Gina starrte ihn einen Moment an, ihre Brust hob und senkte sich, bevor sie ein verrücktes Lachen ausstieß. Sein Plan hatte funktioniert.

Erstes Mal. Sie hatte gesehen, wie er seine Augen im Spiegel schloss, als er ejakulierte, und sie schwelgte in der Tatsache, dass er den Angriff so viel einfacher gemacht hatte.

Sie schnappte sich ihre Kleidung und zog sich schnell an, diesmal zog sie ihr Höschen wieder an.

Sie griff nach ihrer Tasche und trat ihren Angreifer mit der scharfen Spitze ihrer Ferse. Dann spuckte sie ihm ins Gesicht.

"Das ist, weil du mich eine Hure nennst, du Hurensohn!"

Er schob seinen Körper zurück, damit er die Tür öffnen konnte.

Die Rückseite seines Schädels schlug mit einem dumpfen Schlag auf den Teppich, als er die Tür öffnete.

Sie ging auf Zehenspitzen über den blutgetränkten Körper und betrat das Schlafzimmer.

Sie sah Johns Körper auf dem Bett an.

Blut auf dem Boden.

Blut auf dem Bett.

Tod, wohin er auch schaute.

Es war zu viel.

Gina rannte aus dem Raum und die Wendeltreppe hinunter, so schnell ihre Fersen sie tragen konnten. Purpurrote Dreiecke befleckten den Boden, als sie vorbeikam.

Am Fuß der Treppe blieb sie stehen, wischte sich die Tränen ab und kontrollierte ihre Gedanken.

Dieser Lebensstil hatte alles für sie ruiniert.

Er hatte sie elend und zynisch gegenüber Männern gemacht.

Er hatte seine Moral neu organisiert.

Und dieser fette tote Bastard war einer der schlimmsten mit seinen korrupten Wegen und schmutzigen Fantasien.

Er war ein Vorbild in der Gesellschaft, aber er verbreitete und infizierte alles, was er berührte, mit seinen korrupten Wegen.

Einschließlich sie.

Es hatte ihn zu etwas gemacht, was sie nicht war.

Und jetzt hatte er sie in einen Mörder verwandelt.

Sie hatte zur Selbstverteidigung getötet und die Scheiße, die in einer Blutlache lag, verdiente alles, was ihr passiert war.

Aber sie wusste, dass sie niemals vergessen würde.

Wie er sie misshandelt hatte, als wäre sie nichts weiter als eine schmutzige Hure, und wie sein Körper sie verraten hatte, indem er mit Vergnügen auf die Berührung seiner schmutzigen und mörderischen Hände reagierte.

Wie viele Leben anderer Mädchen müssen diese beiden ruiniert haben?

Und wie sehr haben diese Mädchen weiter gelitten?

Ich werde nicht mehr leiden, dachte Gina.

Er rannte die Treppe hinauf und ins Schlafzimmer.

Der Anblick der beiden toten Leichen ließ sie sich übergeben, aber sie schluckte ihre Übelkeit mit einem Ellbogen und ging zum Bett.

Johns Gesicht war eine Maske des Grauens, sein Mund schwarz und weit wie ein Fisch, seine Augen vor Schrecken gefroren.

Gina sah weg und suchte nach dem goldenen Armband um ihr dickes Handgelenk.

Es gab ein dünnes rechteckiges Medaillon, das die Kette befestigte.

Sie öffnete es und las die Nummer darin: 47689.

Sie wiederholte die Zahl in ihrem Kopf wie ein Mantra, schloss das Medaillon und griff in ihre Tasche.

Er holte ein Taschentuch heraus und wischte die Fingerabdrücke vom Medaillon.

Er warf John einen letzten abweisenden Blick zu, bevor er sich umdrehte und die Treppe hinunter rannte.

Er rannte den Flur entlang, bis er Johns Arbeitszimmer erreichte und die Tür öffnete.

Er überflog den Raum, bis sein Blick auf das fiel, wofür er gekommen war.

John ist in Sicherheit.

Er hatte bei einem von Ginas Besuchen mit dem Inhalt geprahlt und sie hatte verlangt zu wissen, was drin war.

"Edler Schmuck", hatte er mit einem arroganten Lächeln gesagt.

"Es ist mehr wert als dieses ganze Haus."

Dann klopfte er an die Kette an seinem Handgelenk und legte den Finger an die Lippen.

"Shh".

Gina ging zum Safe an der Wand und wählte die Kombination.

Der Safe klickte, um anzuzeigen, dass er geöffnet werden konnte.

Sie öffnete die Stahltür und sah hinein.

Auf einem Stapel brauner Umschläge lag eine samtig rote Schmuckschatulle.

Gina spürte einen Knoten in ihrem Bauch.

Sie öffnete es und fand die unglaublichste Diamantkette, die sie je gesehen hatte. Ihre wunderschön gefertigten Steine funkelten mit filmischem Effekt.

"Es ist mehr wert als dieses ganze Haus", flüsterte sie vor sich hin.

Genug, um alle Ihre Schulden und etwas anderes abzuzahlen.

Mit schlagendem Herzen in der Brust schloss sie den Deckel und steckte die Schmuckschatulle in ihre Tasche.

Dann schloss sie den Safe und rieb das Taschentuch an ihren möglichen Fingerabdrücken.

Sie eilte aus dem Arbeitszimmer und den Flur hinunter zur Haustür und überprüfte, ob ihre Absätze keine belastenden Abdrücke von ihr auf ihren glänzenden Brettern hinterlassen hatten.

Nicht deins.

Sie öffnete die Tür des Hauses.

Die kühle, weiche Luft traf ihre Wangen, als sie in die Nacht driftete und die Last der Anwesenheit im Haus sich sofort von ihren Schultern hob.

Endlich frei rannte sie die Schotterauffahrt hinunter, sprang in ihr Auto und warf ihre Tasche auf den Beifahrersitz.

Sie ließ ihren Kopf auf das Lenkrad fallen und stieß einen leisen, kehligen Schrei aus.

Erschöpft und erschöpft griff sie in ihre Tasche und holte ihr Handy heraus.

Sie wählte 911.

"Polizei bitte, ich habe gerade einen Mann getötet."

ERIKA SANDERS

ENDE